AF246932

Celui
qui n'est pas venu

DU MÊME AUTEUR

D'amour et de nuit, Éditions de la Grisière, 1971
Les Chemins de Bob Dylan, Éditions de l'Épi, 1971
Aube-mer, Éditions de Saint-Germain-des-Prés, 1973
Montand, Éditions Henri Veyrier, 1977
Mon œil. Chroniques cyclothymiques d'un zappeur professionnel, Éditions Syros Alternatives, 1989
Les Mémoires de Mon œil, Le Seuil, 1993
Je ne vous ai pas interrompu !, Le Seuil, 1994
Les Images, Le Seuil, 1997
Chaque jour est un adieu, Le Seuil, 2000
Un jeune homme est passé, Le Seuil, 2002
Comme une chanson dans la nuit, Le Seuil, 2003
Dernières nouvelles de Mon œil, Le Seuil, 2003
L'Élève au cœur, avec Marie-France Santoni-Borne, Le Seuil, 2004
Lisez attentivement la notice, Bayard, 2005
Je marche au bras du temps, Le Seuil, 2006
Les romans n'intéressent pas les voleurs, Stock, 2007
Le cintre était sur la banquette arrière : petites chroniques de la vie quotidienne, Le Seuil, 2008

Alain Rémond

Celui
qui n'est pas venu

récit

Stock

Ouvrage publié
sous la direction de Hervé Hamon

ISBN 978-2-234-06063-0

Je ne sais pas pourquoi me sont soudain revenues, comme une urgence, les deux ou trois années autour de mes vingt ans. C'est tellement loin, c'est tellement vieux ! Mes vingt ans, c'était en 1967, en Algérie, à Djemâa-Saharidj, un petit village de Grande Kabylie, tout au bout de la piste. C'est tellement loin, plus de quarante ans. Quarante ans ! Quand mes parents me parlaient de leur jeunesse, dans les années vingt, les années trente, il me semblait qu'ils racontaient la préhistoire. Les années vingt, les années trente, c'était dans les livres d'histoire, c'était en noir et blanc, ça datait de Mathusalem. Pour tout dire, c'était avant la guerre. Avant la guerre ! Et pourtant j'ai l'impression que mes vingt ans à moi sont tellement proches, je n'arrive pas à croire que c'était il y a quarante ans. À quel âge comprend-on le passage du temps ? À quel âge comprend-on qu'on vieillit ?

Le temps, le passage du temps, c'est forcément pour les autres. Je me dis que je ne peux pas avoir vécu tout ce temps-là, toutes ces années-là, depuis mes vingt ans. C'est impossible. Je ne peux pas le croire. C'est si proche, c'est si près.

Je ferme les yeux et je suis dans ma chambre, à Djemâa-Saharidj, j'entends le sifflement du radiateur à gaz et j'essaie de comprendre le mystère de ma vie. Vingt ans et déjà le sentiment d'avoir une vie entière derrière moi. Et tellement de souvenirs ! Beaucoup trop de souvenirs. J'avais la nuit devant moi, quand j'avais fini de préparer mes cours pour mes élèves de la montagne kabyle, j'entendais le sifflement du radiateur à gaz et j'étais envahi, débordé par tous ces souvenirs dont je ne savais que faire. Je lisais, j'écoutais de la musique, j'écrivais, j'étais seul avec tous ces souvenirs, j'essayais de comprendre qui j'étais, je me demandais ce qu'il fallait faire de tous ces souvenirs. Et où j'allais mettre tous les souvenirs à venir, tous les souvenirs de cette vie que je n'arrivais pas à imaginer. J'avais vingt ans, j'avais mille ans. C'était ce moment où tout peut arriver, où tout peut basculer.

J'avais une telle exaltation de vivre, d'être vivant et, en même temps, le sentiment, déjà, que tout était joué, que tout était fini. J'essayais de comprendre ce qui était en jeu, ce qui était en train de se jouer dans ce qu'on appelle une vie, quand on a vingt ans, entre ce qui est possible et ce qui ne l'est déjà plus. C'était à cause de tous ces souvenirs, du poids de tous ces souvenirs. Le sentiment d'avoir déjà trop vécu, trop souffert, trop appris. D'avoir eu trop de bonheur et trop de malheur. Mais on n'a que vingt ans et tout est à venir, on n'a rien vécu, rien souffert, rien appris : voilà ce que je n'arrivais pas à comprendre. Et qui me faisait trembler, de bonheur et de peur, tellement loin dans la nuit, alors que j'entendais le sifflement du radiateur à gaz et que j'avais la certitude d'être au centre de tout.

Parfois, en écoutant un disque, en voyant un film, on a ce sentiment qu'un voile se déchire, que tout devient limpide, que tout coïncide, qu'on est au cœur du mystère, au cœur de sa propre vie, sans pouvoir ni le comprendre ni l'expliquer. Alors on a vingt ans. On a mille ans. Tout coïncide. On tremble, de bonheur et de peur.

C'était ma vie, la nuit, à Djemâa-Saharidj.

Je n'ai jamais cessé d'écrire, pendant toutes ces nuits. Comme les nuits d'avant, à Rome. Et encore avant, à Sainte-Agathe-des-Monts, au Québec. Les poèmes de l'adolescence et de la fin de l'adolescence. Pour dire l'exaltation de la vie, le bonheur de me sentir vivant, de vivre dans la beauté du monde. Mais surtout, inexplicablement, quand je les relis aujourd'hui, l'obsession de la mort, une mort acceptée, une mort tranquille, sans drame ni larmes ni regrets. On meurt parce qu'il faut mourir. Parce que, mystérieusement, la vie est dans la mort. Et que sans mort il n'y a pas de vie.

On me pardonnera, je l'espère, si je cite quelques-uns de ces poèmes. Ce n'est pas pour faire le malin. Je ne me fais pas beaucoup d'illusions sur leur valeur. De toute façon, il y a prescription. C'est si vieux, c'est si loin... Si je les cite, c'est juste pour dire qui j'étais, en ces années-là. J'écrivais tous les jours, compulsivement, sans réfléchir. Les mots sortaient, jaillissaient, sans que j'y puisse rien. Je les découvrais (je me découvrais) en les écrivant. Ils me révélaient à moi-même. Ils en savaient beaucoup plus sur moi que ce que je croyais savoir. Et je lisais des poètes, aussi. J'ai toujours lu des poètes. Comme je n'ai jamais cessé de lire, dans la Bible, ce qui est poésie. Sans doute espérais-je que ces poètes contamineraient ma propre poésie. On est naïf, à cet âge-là. On lit, on écrit. Et voilà.

La mort, l'obsession de la mort, une mort douce et tranquille...

Ce poème, par exemple :

La nuit ce soir peut-être une parole
Mais le voile de mort est déjà là
Naître à nouveau serait-ce chaque nuit
La vie m'accroche il faut bien que je suive
Écoutez
La terre est prête il faut mourir

Et doucement refermer les paupières
Accepter d'être mort
Sans un mot sans passion
Simplement comme un mort qui s'en va
Et qui n'en parle pas.

Ou bien cet autre :

Je vais mourir et la terre est plus belle
Il y a dans le ciel comme une odeur de rose
Alors il faut se taire
Écouter la lumière
Avant de dire adieu à tout ce qui se meurt.

Ou ces quelques vers, à la fin d'un autre
poème :

Ma mort je t'entends revenir
C'est le temps de finir
Bonsoir ma vie
Bonsoir.

Voilà ce que j'écrivais, au Québec, à Rome, en
Algérie, autour de mes vingt ans. J'étais ce jeune
homme qui avait déjà trop de souvenirs et des

souvenirs trop intenses, trop brûlants, trop violents. La vie d'après ne pouvait être qu'une autre vie, comme après la mort. J'acceptais la mort. J'acceptais la vie d'après. Sans savoir à quoi elle pourrait ressembler, sans même vouloir le savoir, comme si c'était la vie d'un autre. Parce que je sentais profondément, intimement que celui que j'avais été jusqu'à vingt ans allait mourir. Et après : le grand trou, le noir, la nuit. Le mystère. Quelle vie après cette mort ? Je n'étais pas sûr que ça dépende de moi, que c'était à moi de décider. Quelque chose allait se passer. Mais il fallait d'abord mourir.

J'écoutais dans la nuit le grand silence de la montagne kabyle. Et j'étais prêt. J'attendais ce qui ne manquerait pas d'arriver. Quand serait mort celui que j'avais été.

Il est temps, maintenant, d'en dire un peu plus. De dire qui j'étais. Ce qui était en jeu.

Enfant, très tôt, j'ai eu la vocation. Ce que les adultes, autour de vous, appellent « avoir la vocation ». J'ai eu la conviction d'être appelé par Dieu pour devenir prêtre, voué à la vie religieuse. Jusqu'à vingt ans, j'ai vécu avec la certitude de cette vocation. J'écris ces mots un peu surannés, un peu vieillots, avec le respect que j'ai, aujourd'hui encore, pour l'enfant et l'adolescent qui ont eu cette certitude. Je n'ai ni rage ni colère contre celui que j'ai été jusqu'à mes vingt ans. Je n'ai nulle envie de me moquer de lui, de le tourner en dérision – ce serait pourtant facile.

Cette vie a été ma vie. J'ai été engagé, corps et âme, avec toute ma sincérité, avec toute mon honnêteté, dans cette voie, dans ce choix. Et tant pis si cette histoire, aujourd'hui, fait sourire, comme exhumée d'un vieux roman de Mauriac, où le héros se débat avec Dieu, avec la foi, avec la culpabilité. Tant pis. C'est mon histoire. C'est ma vie.

Vouloir être prêtre, religieux, parce qu'on « a la vocation », ce n'est pas tout à fait la même chose, me semble-t-il, que vouloir être professeur ou médecin. Il y a là un engagement autrement radical, qui justifie qu'on parle d'une « vie consacrée », ne serait-ce qu'en raison du célibat. Vouloir être prêtre, religieux, voué au célibat, ce n'est pas seulement choisir un métier. C'est un choix qui engage tout l'être, radicalement. Et cette vie, jusqu'à mes vingt ans, a été ma vie. Enfant, j'ai été pensionnaire dans un petit séminaire, au sein de la congrégation de Sainte-Croix. Puis j'ai fait mon noviciat, au Québec, dans cette même congrégation. Et deux années d'études de philosophie, à Rome, au milieu d'étudiants américains, au Collegio di Santa Croce. Tout cela pour accéder un jour à la prêtrise après avoir prononcé mes « vœux perpétuels ».

Voilà qui j'étais en arrivant en Algérie, à Djemâa-Saharidj. Voilà celui que j'étais.

J'étais aussi celui qui avait vu ses parents se faire une guerre sans trêve ni fin. Jusqu'à la mort de mon père, l'année de mes quinze ans. Ce père qui, jusqu'au bout, m'était resté un étranger. J'avais trop de souvenirs qui me serraient la gorge. J'étais loin de ma famille, de tous mes frères et sœurs. J'étais loin, à jamais, du bonheur de l'enfance, ô le bonheur de l'enfance ! J'étais quelqu'un qui ne savait plus qui il était, ni où était sa « vocation ».

Oui, il fallait mourir. Et accepter de ne rien savoir de la vie d'après.

C'est ce que je me dis, aujourd'hui, relisant tous ces poèmes que j'écrivais alors, obsédés par la mort, une mort si tranquille et sans drame. Bien sûr, on pense facilement à la mort, quand on a vingt ans, dans une espèce de romantisme un peu facile. On se dit qu'on a déjà tout vécu, tout connu, on a tous ces souvenirs et la vie est si longue. On n'a pas peur de la mort. On croit qu'on n'a pas peur de la mort. On joue avec l'idée de la mort parce qu'on ne l'imagine pas vraiment.

Moi, à vingt ans, je ne voulais absolument pas mourir. J'aimais la vie, j'aimais ma vie, j'étais heureux d'être vivant, si intensément heureux que c'était comme une fièvre, une ivresse. J'avais vu mourir mon père, j'avais entendu ses râles, la nuit de son agonie, j'avais senti l'odeur de son cadavre pendant les trois jours avant l'enterrement, lors des veillées mortuaires. J'avais quinze ans et je voulais vivre. Jamais la mort ! Jamais !

Et pourtant j'écrivais ces poèmes sur la mort, sur ma mort. Je ne choisissais pas de les écrire : je n'y pouvais rien, je ne pouvais pas faire autrement que de les écrire, une voix parlait en moi qui me dictait de les écrire.

Il y avait sans doute, dans cette obsession, l'influence d'un certain christianisme, toute une littérature venue de l'Évangile autour du sacrifice, toute une esthétique de l'enfouissement, du dépouillement, autour de la mystique du grain de blé (*si le grain ne meurt...*) la mort pour renaître, le don de soi dans la mort... Une esthétique qui me séduisait, me fascinait, dans une sorte de quête d'absolu. J'avais écrit, au Québec, je crois, pendant mon noviciat, ce poème qui s'appelait « Mourir » :

Je ne serai pas l'oiseau là-haut
Le ciel au bout des doigts
L'espace et la lumière
Tout bleu gai papillon

Et le bonheur est une fleur
Je ne serai pas l'oiseau

Tu m'as voulu en terre

Mon monde à moi est en dessous
Je parlerai plutôt du blé
Les jours se suivent lentement
Il faut gémir et c'est tant mieux
Perdre son nom tout oublier

Je serai peut-être l'oiseau
Mais ce sera longtemps
La patience s'apprend je préfère rester
Mon jour sera profond
Car ma nuit sera longue

Et le bonheur bien plus encore.

Ou encore celui-ci :

Apprendre le secret du grain de blé
Le long secret du grain de blé
S'arracher quotidien
S'enfoncer jusqu'à perdre le jour
Car le pain partagé sera fait de nos morts.

J'ai été nourri, imbibé de cette esthétique de l'enfouissement. J'y croyais éperdument. Je m'abîmais dans d'infinies méditations, dans d'infinies ruminations sur cette mystique du grain de blé qui doit mourir en terre pour mieux renaître, pour mieux donner la vie. Je me rêvais grain de blé. Je rêvais ma vie comme une vie d'enfouissement.

Comme un enterrement, ai-je fini par comprendre. Un enterrement !

Mais il y avait aussi, me dis-je aujourd'hui, dans cette obsession de la mort, la prescience de la mort de celui que j'étais, voué à la vie religieuse, à la prêtrise. L'attente inconsciente de cette mort. Et l'attente d'une autre vie, après, qui, forcément, fatalement, allait advenir.

J'étais là, dans ma chambre, à Djemâa-Saharidj, dans l'attente de mon destin, sans rien en savoir, certain que quelque chose allait se passer. Oui, mon destin, dans la bascule de mes vingt ans. De ma vie d'homme.

Mais on ne sait pas comment les choses se passent. On ne voit pas les signes que nous fait le destin. On ne les voit qu'après, longtemps après.

Et c'est pourquoi je vais maintenant parler de Jacques Vallot.

C'est à Tizi-Ouzou que j'ai rencontré Jacques Vallot. J'y descendais souvent, pendant mon séjour à Djemâa-Saharidj, là-haut dans la montagne. J'avais besoin de rencontrer d'autres coopérants. On en avait tous besoin, je crois. Ne serait-ce que pour confronter nos expériences, échanger, nous rassurer mutuellement, aussi. Après tout, la plupart d'entre nous n'avaient jamais enseigné. Les programmes, la pédagogie, la progression de la classe, ça nous était complètement étranger. Nous n'étions pas enseignants, nous n'avions jamais appris ce métier. Nous avions tout juste suivi une formation d'un mois, en août, à Alger, avant de connaître notre affectation.

À Djemâa-Saharidj, je faisais la classe à des élèves qui avaient presque mon âge, que je préparais au certificat d'études pour adultes. Je leur enseignais l'histoire et la géographie de leur propre pays, dont, quelques mois auparavant, j'ignorais presque tout. C'était des enfants de la montagne, qui avaient décroché de l'école pendant la guerre et qui attendaient tout de moi : apprendre, passer le certificat, trouver un métier. Tout ! J'étais effrayé par cette attente, je me disais que je n'étais pas à la hauteur, que j'allais forcément les décevoir. Alors j'avais besoin d'en parler avec d'autres. Voilà pourquoi je descendais régulièrement à Tizi-Ouzou, où les coopérants étaient plus nombreux, où j'avais fini par avoir mes habitudes.

Et puis il y avait la solitude, aussi. Une certaine solitude, même si, à l'école de Djemâa-Saharidj, il y avait deux autres coopérants. L'un était moniteur de mécanique automobile dans le centre de formation professionnelle où allaient les élèves après le certificat. L'autre enseignait les matières scientifiques dans les mêmes classes que moi. Je les aimais bien, on s'entendait bien. Avec mon collègue scientifique (qui, dans le civil, était dessinateur industriel à la RATP), on a fait d'innombrables balades sur les routes d'Algérie, dans sa vieille 2 CV bricolée. Et pourtant je me sentais seul. Parce que ni avec l'un, ni avec l'autre je ne pouvais partager ce qui me hantait, le soir, dans ma chambre, quand je tremblais de bonheur et de peur. Je ne pouvais pas. C'était tout simplement impossible. On peut être entouré, avoir de bons copains. Et pourtant être seul. À Djemâa-Saharidj, j'étais seul.

Pourquoi, parmi tous les coopérants de Tizi-Ouzou, me suis-je immédiatement senti en sympathie avec Jacques Vallot ? C'est mystérieux, la sympathie. C'est incompréhensible. C'est inexplicable. On peut avoir, objectivement, mille raisons de nouer des relations d'amitié avec Untel ou Untel. Et pourtant rien ne se passe. Et voici que, dès la première rencontre, on se sent proche de tel autre, immédiatement, mystérieusement. C'est exactement ce qui s'est passé avec Jacques Vallot. Tout de suite, on a eu l'impression d'appartenir à la même famille. De voir le monde de la même façon. D'être comme des frères.

Je suis incapable, aujourd'hui, de dire, concrètement, ce que j'ai appris de Jacques Vallot, à

Tizi-Ouzou, ce que je savais de lui. D'où il venait. Quelle était son histoire. Je suis incapable de donner des détails, de raconter des anecdotes sur lui, sur sa famille. Tout ce que je sais, c'est que nous nous sommes instantanément reconnus. Peut-être parce que nous appartenions à la même famille, celle des cathos sociaux, celle des cathos de gauche. Nous parlions la même langue. Nous réagissions de la même façon. Nous avions la proximité, l'intimité de ceux qui, ayant baigné dans la même culture religieuse, ont évolué de la même façon. Nous portions le même regard sur le monde, sur la société. Ayant l'un et l'autre choisi la coopération en Algérie, cinq ans après l'Indépendance, nous y étions arrivés avec le même désir, si catho, de « réparer ». Avec les mêmes rêves, les mêmes illusions. Sauf que Jacques Vallot était encore plus engagé que moi : il était déjà là depuis deux ans, quand nous nous sommes rencontrés. Et il avait choisi de rester un an de plus, après son temps de service militaire.

Il faut dire que c'était assez chaotique, l'Algérie de ces années-là. Le colonel Boumedienne venait de prendre le pouvoir et ses chars avaient maté la révolte de la Kabylie. Nous étions constamment surveillés, aussi bien par l'armée que par la police. Il y avait des rumeurs d'arrestations, de tortures, de disparitions. Gouvernant le pays d'une main de fer, Boumedienne rêvait d'y instaurer un socialisme à la soviétique, avec collectivisation des moyens de production, de l'agriculture. On voyait des coopérants soviétiques, à Tizi-Ouzou, mais de loin : ils n'avaient pas le droit de nous adresser la parole, de nous fréquenter.

Vivant tout cela, à vingt ans, j'étais heureux d'en parler avec Jacques Vallot. Et de découvrir que nous partagions les mêmes réactions, les mêmes interrogations. J'étais sans doute le plus véhément des deux, le plus péremptoire. Dans mon souvenir, Jacques Vallot était davantage en retrait, il n'aimait pas se mettre en avant. Il avait un petit sourire moqueur, ironique. Il regardait, il observait, avec ce petit sourire au coin des lèvres...

C'est peut-être cette façon de se tenir en retrait, au milieu de coopérants volontiers hâbleurs, sûrs d'eux, qui nous a fait nous rencontrer. Il n'était pas un coopérant comme les autres. Et je n'étais sans doute pas, moi non plus, un coopérant comme les autres. Le côté catho, toujours. Nous nous sentions un peu décalés, un peu en marge, dans ce milieu où l'on frime facilement, où l'on joue facilement au coopérant. Nous avions toutes ces interrogations, tous ces doutes, cette habitude de remise en question, cette exigence de morale, de responsabilité. Cet appel aux « valeurs ». Et cette soif d'honnêteté, de sincérité.

J'aimais savoir que j'allais le retrouver, quand je descendais à Tizi-Ouzou. Je me réjouissais des longues conversations que nous aurions. Sur la marche du monde, sur l'Algérie, sur notre expérience ici, à l'un et à l'autre, en Kabylie. Sur la foi aussi, bien sûr. Sur le christianisme. Et, plus que tout, sur ma « vocation ». Ou ce qu'il en restait.

Car c'est à Jacques Vallot, et à lui seul, que je pouvais parler de mes interrogations, de mes vertiges. C'est à lui seul que je pouvais confier ce qui était en train de m'arriver, là-haut, dans la montagne, à Djemâa-Saharidj. Dans le silence de ma chambre, la nuit, alors que je lisais, que j'écrivais, que j'essayais de comprendre. Ce qui était en train de m'arriver, c'était ce que disaient, à mon corps défendant, mes poèmes griffonnés, ce qu'ils annonçaient : la mort du jeune homme qui avait la vocation.

Sans m'en rendre compte, au début, sans vraiment le réaliser, je perdais, un à un, mes habits de futur prêtre, de futur religieux. Ce n'était plus moi ce jeune homme appelé par Dieu pour le servir, pour lui consacrer sa vie. J'étais libre. Je comprenais que j'étais libre. Personne ne m'avait appelé. On m'avait dit, on m'avait convaincu que j'étais appelé. Et je l'avais cru. Mais la vie, ma vie, n'était pas une histoire de vocation. J'étais libre. Et personne à ma place ne pouvait vivre cette liberté. Oui, mes vieux habits tombaient les uns après les autres. Après toutes mes années d'études, au petit séminaire, au Québec, à Rome, j'étais face à moi-même, dans la solitude de ma chambre, à Djemâa-Saharidj. J'étais face à ma liberté.

Et la petite école au toit de tôle, et mes élèves marchant pieds nus dans la montagne, et l'âpreté du Djurdjura, et le vent, et le froid, tout cela me dépouillait jusqu'à l'os, m'obligeait à aller jusqu'au centre, là où nulle fuite n'était possible. Moi et moi. Sans rien savoir de ce qui viendrait après. Sans rien savoir de ma vie, après.

Voilà de quoi je parlais avec Jacques Vallot, à Tizi-Ouzou. De mes doutes. De ma « vocation ». Il était le seul avec qui je pouvais en parler, le seul avec qui je me sentais suffisamment en confiance. Sans doute parce que lui aussi, fugitivement, à un moment de sa vie, avait cru avoir la vocation. Je crois bien ne lui avoir jamais dit combien ces conversations avaient été importantes, pour moi. Combien elles m'avaient aidé à affronter ma liberté. Sans doute ne l'a-t-il jamais su.

Retrouvant ma chambre, la nuit, après ces longues discussions, j'étais saisi de vertige, comme avant le grand saut.

J'ai une photo de nous tous, la bande de coopérants de Grande Kabylie, de Tizi-Ouzou, mais aussi d'Alger, où je me rendais de temps en temps, toute la bande en voyage dans le Sud, vers Ghardaïa, El-Oued, El-Goléa. C'était pendant les vacances de Noël, fin 1967. C'était la première fois que j'allais au Sahara, dans le désert. Un choc, un vrai choc. Le désert comme expérience ultime, l'esprit et l'âme face à l'essentiel. Et moi fuyant le groupe, fuyant la bande, mal à l'aise dans cette ambiance de camp de vacances, alors que j'étais perdu, que j'essayais de comprendre qui j'étais, ce que serait ma vie. Toutes ces questions, ces interrogations qui me frappaient en plein cœur, ici, dans le désert, où se confrontaient mon désir d'absolu, de dépouillement, et mon refus d'un plan de Dieu sur moi, mon envie de vivre tous les possibles.

Je venais d'avoir vingt et un ans. J'allais devoir choisir.

Le désert de feu, de sable et de pierre, je m'en souviens comme du moment où s'est jouée ma vie.

Cela aussi, nous l'avions en commun, Jacques Vallot et moi : le désert. Et de cela aussi nous avons longuement parlé. Lui seul, me disais-je, pouvait comprendre.

Sur la photo, j'ai une espèce de djellaba et un petit calot sur la tête. Jacques Vallot, lui, a son petit sourire en coin. Comme toujours. C'est la seule photo que j'ai de Jacques Vallot.

Et puis le temps a passé. Un an, c'est court. Et c'est pourtant un siècle, quand on a vingt ans, quand on vit une expérience aussi intense avec les élèves de la montagne, à Djemâa-Saharidj, quand on découvre un pays, si beau, si riche, sous la botte de la dictature. Et quand tombent, un à un, les habits de la « vocation », ce vêtement qui n'était qu'un vêtement d'emprunt. À la rentrée 1968, en septembre, je n'ai pas revu Jacques Vallot. Il avait fini sa dernière année de coopération. Il était rentré en France. J'avais, moi, encore un an à faire. Je ne suis plus descendu que très épisodiquement à Tizi-Ouzou. À quoi bon ? Jacques Vallot n'était plus là. Je me suis senti encore plus seul, à Djemâa-Saharidj.

Et puis un minuscule désagrément, une minuscule contrariété m'ont déstabilisé. Pour des raisons d'intendance, j'ai dû changer de chambre. J'aurais pourtant dû être content : c'était une chambre plus grande, mieux située, plus agréable. Mais j'avais l'impression d'être exilé d'un paradis perdu, cette petite chambre où, l'année d'avant, je retrouvais mes fantômes, je convoquais mes souvenirs, j'errais dans mes rêves, dans le sifflement du radiateur à gaz, cette petite chambre où j'écrivais sans trêve, où je me tenais au bord de ma vie d'homme. Quelque chose s'était brisé. La vie est faite de petits désagréments qui sont comme des tremblements de terre.

Et puis c'était septembre 1968, la fin du rêve de Mai 68, cette porte claquée au nez, l'obscène victoire du vieux monde, des vieilles idées. Avec Jacques Vallot, au milieu de Français vitupérant la chienlit, les barricades, les gauchistes et la décadence, nous étions alors, l'un et l'autre, sur la même longueur d'onde. Heureux. Enthousiastes. Comme enivrés par cette insurrection de l'esprit. Mais c'était fini. Le rêve était fini. Il y avait aussi eu les chars russes à Prague, au mois d'août. L'assassinat de Robert Kennedy. Les étudiants américains avec qui je venais de passer deux ans à Rome, militants des droits civiques, du « We Shall Overcome », m'avaient transmis le rêve, celui d'un nouveau monde, d'un nouvel idéal. Et voilà, c'était fini. Le rêve était fini.

À la fin du mois de mai, j'avais écrit ce poème :

Nous rentrerons dans nos maisons nous fermerons la porte
Et pleurerons nos illusions
Nous ne saurons jamais lequel avait raison
Lequel imagina de fermer la prison
Nous oublierons jusqu'à la forme d'un oiseau
Jusqu'à l'odeur de l'eau

Ce sera l'âge des maisons
L'âge des solitudes et des trop longs regrets
Quatre murs pour aimer
Nous oublierons l'amour
Quatre murs pour parler
Nous deviendrons sourds-muets

Nous nous endormirons sans nous en rendre
  compte
Et nous mourrons
Tout seuls dans nos maisons.

Voilà ce que j'avais écrit, le 25 mai 1968, pendant la nuit, dans ma petite chambre de Djemâa-Saharidj, après une discussion avec Jacques Vallot, à Tizi-Ouzou.

La conviction que tout était joué, que tout était perdu.

En cette rentrée, je n'avais plus personne à qui parler de ces rêves fracassés. Jacques Vallot était parti. Un autre coopérant aurait dû arriver à Dje-mâa-Saharidj, pour remplacer mon collègue à la 2 CV bricolée, rentré lui aussi à Paris. Mais il était en retard. Ou il était retenu. Ou il avait disparu. Bref : il n'était pas là. À l'école, c'était comme si j'étais tombé dans la banalité, dans la répétition. Comme si j'avais perdu mon énergie. Une nouvelle année scolaire, avec d'autres élèves, c'était pourtant passionnant, non ? Non. Je m'en voulais, de ce manque d'enthousiasme. Mais je n'y pouvais rien. J'avais l'impression de ne pas être à ma place. De ne plus être utile à rien.

Montait en moi comme une impatience : vite, rentrer en France !

A fini par arriver ce qui devait arriver : je suis tombé malade. Suffisamment pour que le médecin demande qu'on mette fin à mon contrat de coopérant, après mes dix-huit mois réglementaires. Je m'en voulais d'abandonner mes élèves, en tout début d'année scolaire. Mais j'étais vraiment malade. Et puis je ne voyais plus que ce qui n'allait pas, ce qui ne marchait pas.

Je rêvais de mon retour en France, après cinq ans passés à l'étranger. Je rêvais de retrouver ma famille, ma mère, mes frères et mes sœurs, qui avaient vécu leur vie pendant ces cinq longues années. Eux loin de moi. Et moi si loin d'eux. Ah, comme je rêvais de les revoir !

Bien sûr, il y avait les lettres. Toutes ces lettres qu'ils m'écrivaient, ma mère et mes frères et sœurs, et que j'ai conservées. Pendant des années, des dizaines d'années (c'est si loin, mes vingt ans !), j'ai été incapable de les relire. Je savais qu'elles étaient là, rangées dans un gros classeur, un classeur ventru, gonflé de toutes ces lettres. Mais j'étais incapable d'ouvrir le classeur. J'étais incapable de toucher les enveloppes. J'avais peur de me brûler.

Oh, c'est si intense, la famille, c'est tellement de souvenirs, tellement de rêves, tellement de passion, comment prendre le risque de tout retrouver sans être frappé au cœur ?

Et puis, voilà quelques jours, hanté par ce retour soudain de mes vingt ans, ces quelques années autour de mes vingt ans, j'ai pris le risque. J'ai sorti le gros classeur du tiroir. Je l'ai ouvert. Toutes les lettres se sont échappées. Ah, toutes ces lettres ! Je ne me rappelais pas qu'il y en avait autant. Je ne me rappelais pas qu'on s'écrivait autant. Qu'ils m'avaient écrit toutes ces lettres, ma mère, mes quatre frères, mes cinq sœurs.

On a oublié qu'il fut un temps, avant l'ordinateur, avant Internet, avant les mails, avant le téléphone portable, avant les SMS, où l'on s'écrivait des lettres, de longues lettres, régulièrement, comme un bonheur, comme un plaisir. On appelait ça une correspondance. On disait « entretenir une correspondance ». Et c'est un mot tellement beau, tellement juste : on correspond parce qu'on se correspond. Il y a entre nous, toute la famille, de mystérieuses, indestructibles correspondances. Oui, malgré toutes nos différences, il y a toutes ces correspondances, ce qui n'appartient qu'à nous, à la famille, aux parents, aux frères et sœurs.

Elles étaient là, toutes ces lettres, dans le gros classeur poussiéreux, soigneusement classées, rangées par petits paquets noués par une ficelle.

Je reconnaissais chaque écriture, je regardais le tampon sur l'enveloppe, la date d'envoi. Oh, toutes ces lettres comme un trésor, une malle aux souvenirs, quarante ans abolis en un instant, en une seconde…

J'étais prêt à prendre le risque, à écouter ces voix de mes vingt ans, dans la fièvre et la mélancolie de mes vingt ans.

Une journée entière, j'ai relu toutes ces lettres, avec la peur de me brûler, de me blesser au cœur, mon Dieu tous ces souvenirs, ces voix d'il y a quarante ans ! C'est incroyable tout ce qu'on se disait, tout ce qu'on se racontait, chacun avec son style, son humour, sa passion, sa tendresse… Sa détresse, aussi. Sa solitude.

Je les ai tous retrouvés, ma mère et mes neuf frères et sœurs, tels qu'ils étaient en ces années soixante, les années de Trans, notre petit village près de Dol, près du Mont-Saint-Michel. Les études des uns et des autres, les premiers boulots, les mariages, les premiers enfants… Cette symphonie du bonheur et du malheur, petits tracas et grandes tristesses, toutes ces lettres qui m'étaient envoyées à moi, celui qui était parti au Canada, à Rome, en Algérie. Peut-être, me dis-je en les lisant, en les relisant, étais-je finalement celui qui en savait le plus sur la famille, sur les uns et les autres, en ces années-là. Quand on vit ensemble, quand on se voit régulièrement, peut-être n'éprouve-t-on pas le besoin de se dire, de se confier tout ce qu'on écrit à celui qui n'est pas là. Peut-être.

Ce qui est sûr, en tout cas, c'est que, les relisant, je mesure tout ce que j'ai manqué avec eux, ma mère et mes frères et sœurs, toutes ces années qui ne reviendront pas, tout ce dont j'ai été privé, à jamais. Les retrouvailles à Trans, le samedi soir, les fous rires, les discussions, le cocon de la maison, les promenades en forêt de Villecartier, les visites chez les uns et les autres, les aventures, les épopées... Je me revois, à vingt ans, lisant le soir, dans ma chambre de Djemâa-Saharidj, dans la fièvre et dans la frustration, tout ce qui se passait loin de moi, le long récit de la légende familiale qui se passait loin de moi, sans moi, dont je ne serais que le lecteur, pour les siècles des siècles. Et c'était une telle nostalgie. Un tel cafard...

Et pourtant, dans ma solitude, tous ces mots me faisaient un bien fou. J'étais loin de la famille.

Mais j'étais avec elle. J'étais à Trans. J'étais un protagoniste intime de toutes ces confidences, de toutes ces histoires qu'ils me racontaient, les uns et les autres. Je sentais battre leur cœur. Ils faisaient battre mon cœur.

Les lettres de ma mère, surtout. Je suis stupéfait par sa liberté, son humour, sa spontanéité, en relisant ses lettres. Ma mère qui n'avait plus d'argent, après la mort de mon père, qui était femme de ménage au château, chez le comte et la comtesse de La Villarmois, qui me rappelait de lui envoyer, quand j'étais étudiant à Rome, des certificats de scolarité, des attestations de ceci ou de cela, pour toucher les allocations familiales, sa seule ressource régulière. Ma mère toujours pleine d'optimisme, de bonne humeur, me racontant mille histoires sur les uns et les autres, les retrouvailles de la famille, à Trans, son bonheur de voir la maison se remplir. Mais aussi me parlant politique, elle qui, née à droite, catholique pratiquante, venait de basculer à gauche et me parlait de Michel Rocard...

Et son affection, sa tendresse pour tous. Pour moi. Cette phrase, à la fin d'une de ses lettres (et je regarde le tampon : « Trans, 3 octobre

1967 ») : « Bon courage, mon gars. Je t'embrasse et je pense bien à toi. » Elle n'a plus que cinq ans à vivre. Tuée par le cancer, à soixante ans. Et elle m'écrit : « Bon courage, mon gars. » Oh, maman, je t'aime. Je suis ton gars. À jamais.

Les seules lettres que je n'ai pas relues, que j'ai
été incapable d'ouvrir, ce sont celles de ma sœur
Agnès. Ce sont pourtant les lettres les plus nombreuses. Agnès m'écrivait constamment, parfois
plusieurs fois la même semaine. Nous étions tellement proches – tellement proches ! Si je n'arrive
pas à les relire, c'est parce que je sais ce qu'elles
disent. La maladie d'Agnès, ses efforts désespérés
pour s'accrocher à la vie, ses passions, ses coups
de cœur, et puis ses longues phases de décourage-
ment, de perte d'elle-même, les trous noirs où elle
s'enfonçait, inexorablement. Ses appels au secours,
ses cris d'angoisse, de solitude. Et puis, soudain,
l'excitation d'une rencontre, d'un projet.

Toutes ces envies, toutes ces passions que
nous avions en commun. Jusqu'à la vocation.

Jusqu'à la vie religieuse. Agnès a cru, elle aussi, qu'elle avait la vocation. Elle a même fini par rejoindre une communauté religieuse. Déçue, comprenant qu'elle se fourvoyait, elle en est repartie presque aussitôt. Mais elle avait cette fringale d'absolu, d'engagement spirituel, de vie consacrée – à quoi ? Ah, si elle avait pu le savoir...

Elle s'était reconnue dans ce poème que j'avais écrit au Canada, pendant que j'étais au noviciat, ce poème qui s'appelait « Mourir » et qui disait : « Je ne serai pas l'oiseau, là-haut, tu m'as voulu en terre... » Toute ma vie je me suis reproché d'avoir écrit ce poème, d'avoir écrit ces mots que me rappelait Agnès, où elle se reconnaissait. Je ne voulais pas qu'elle dise « Tu m'as voulu en terre ». Je me suis maudit de l'avoir écrit. Elle qui était la vie même, qui était si enthousiaste, si généreuse, si désireuse de croquer la vie...

Agnès, qui s'est suicidée.

Ce que je cherchais, aussi, sans me l'avouer, dans le gros classeur, c'était une lettre de Jacques Vallot. J'étais persuadé qu'il m'avait écrit, après son retour en France. J'étais persuadé qu'il m'avait envoyé une lettre (plusieurs ?) à Djemâa-Saharidj. C'était plus qu'un vague souvenir : une quasi-certitude.

Dans le gros classeur, rangées par petits paquets, j'ai retrouvé les lettres d'anciens amis de ces années-là, des Canadiens, des Américains, qui me donnaient de leurs nouvelles. J'ai retrouvé, avec un bonheur qui m'a serré le cœur, les lettres de Mario Yrarrazaval, mon ami chilien du Collegio di Santa Croce, à Rome, avec qui j'avais fait la révolution en 1966-1967, à l'Université grégorienne, juste avant de partir en

Algérie. Il m'écrivait de Berlin, où il s'était installé pour suivre des cours de sculpture, aux Beaux-Arts. De longues lettres dans un français baroque, mâtiné d'espagnol, d'italien et d'anglais. Il me racontait les manifestations contre la guerre du Vietnam, au printemps 1968, semblables à celles que nous avions faites à Rome, en 1967. Il me parlait surtout de ses doutes, lui qui, comme moi, se destinait à la prêtrise et à la vie religieuse. Il me disait qu'il n'était pas sûr d'être fait pour le célibat. Et ses doutes faisaient écho à mes doutes.

La dernière lettre que j'ai reçue de lui, à Djemâa-Saharidj, retrouvée dans le gros classeur, était postée du Chili. Il venait tout juste d'y retourner. Il vivait au cœur d'un bidonville, dans une « communauté de base », aidant les plus pauvres, les plus humiliés – lui, fils d'ambassadeur, d'une grande famille bourgeoise de Santiago. Il me disait sa joie d'être là, de vivre l'Évangile au milieu des pauvres, un Évangile radical. Depuis, je n'ai plus eu aucune nouvelle de lui. J'ignore ce qu'il est devenu, après le coup d'État de Pinochet, lui qui était si militant, si engagé.

Où es-tu, Mario Yrarrazaval ?

Mais j'ai aussi retrouvé des lettres signées de noms qui, aujourd'hui, ne me disent plus rien, que j'ai totalement effacés de ma mémoire. C'est une expérience étrange de prendre des nouvelles, quarante après, de personnes dont on n'a plus le moindre souvenir. Qui étaient-ils ? Où les avais-je connus ? Que représentaient-ils pour moi ? Aucune idée. Et pourtant, ils m'écrivaient comme à quelqu'un qu'ils connaissaient très bien. Et moi, les connaissais-je très bien ?

La mémoire est assassine. La mémoire est un tombeau.

Aucune lettre, en tout cas, parmi toutes ces lettres, de Jacques Vallot. J'ai eu beau chercher, ouvrir tous les petits paquets noués par des bouts de ficelle, fouiller, vider entièrement le gros classeur : rien, pas la moindre lettre de Jacques Vallot. Les avais-je perdues ? Ou bien avais-je imaginé qu'il m'avait écrit ? Comment, alors, expliquer cette quasi-certitude ? Peut-être avais-je envie de croire qu'il m'avait écrit. Peut-être en avais-je besoin. Nous étions tellement proches, à Tizi-Ouzou. Tellement proches ! L'autre question qui me titillait était celle-ci : lui avais-je, moi, écrit ? Lui avais-je écrit tout ce que je lui devais ? L'avais-je remercié de m'avoir écouté, alors que je me débattais avec ma prétendue vocation, avec ma liberté ? Je ne l'aurais pas juré. Je n'en savais rien. Mais, comme pour ses lettres, j'avais envie de le croire. J'en avais besoin.

J'allais donc moi aussi, comme Jacques Vallot six mois plus tôt, revenir en France. J'avais aimé vivre à l'étranger, pendant ces presque cinq années. J'avais aimé partir au Canada, à dix-sept ans, dans une espèce d'innocence, d'insouciance. J'avais aimé la vie universitaire, à Rome, avec mes amis américains. Et puis ces dix-huit mois en Algérie, à Djemâa-Saharidj. J'avais tellement vu, tellement vécu, tellement appris ! Je n'étais revenu en France que pour les vacances, en été. Un ou deux mois. Le temps de revoir ma famille, qui me manquait si cruellement, la chaleur et la vie de la tribu. Le temps, aussi, de revoir la maison, à Trans, les paysages de mon enfance, les petites routes, les chemins creux, les champs, la forêt... Retrouver mes racines, dans un curieux mélange de nostalgie, de mélancolie et, déjà, de désir de rupture, de coupure.

J'étais en train d'exister par moi-même, loin de Trans, loin de la famille. Ou, plus exactement : d'essayer d'exister par moi-même. J'essayais de comprendre qui j'étais, celui que je voulais devenir. Et je ne pouvais le comprendre que par moi-même, hors de la chaleur, de l'emprise de la famille. Je revenais en France, chaque été, avec une folle envie de bonheur. Et j'en repartais déterminé à me trouver tout seul, dans l'angoisse de me tromper, mais transporté à l'idée de m'inventer mon propre destin.

Cette fois, en décembre 1968, je revenais pour de bon, définitivement. Je n'étais plus celui qui avait quitté la maison à dix-sept ans. Et qui était tellement sérieux. Je ne me suis jamais reconnu dans le vers de Rimbaud : « On n'est pas sérieux quand on a dix-sept ans. » J'aurais bien aimé. Oh, comme je l'aurais aimé ! Mais ce n'était pas vrai. J'étais horriblement, désespérément sérieux. Pénétré de ma vocation religieuse. Rêvant d'enfouissement, de mort à moi-même. Désireux plus que tout d'être à la hauteur de ma vocation. D'être à la hauteur du plan de Dieu sur moi.

J'étais appelé. J'étais choisi. Je me devais d'être un religieux modèle, exemplaire.

Comme s'il me fallait oublier l'autre moi-même, celui que j'étais aussi, questionneur, curieux de tout, ne supportant pas l'autorité, avide d'apprendre, de comprendre, prompt à tout remettre en question. Celui qui n'arrêtait pas de parler, d'expliquer, d'essayer de convaincre. Celui que mes frères et sœurs appelaient « le raisonneur », tellement je les fatiguais avec mes théories, mes convictions, ma certitude d'avoir raison.

Oui, j'étais terriblement sérieux, malgré toutes les envies que j'avais en moi, au fond de moi, qu'il me fallait faire taire. Que j'essayais, désespérément, de faire taire.

Mais le doute était venu. Et, avec le doute, l'envie de ruer dans les brancards. De me débattre contre le plan de Dieu sur moi. J'étais libre. J'étais libre ! Et je ne pouvais plus faire taire tout ce qui bouillonnait en moi, tout ce qui m'exaltait. Les livres, l'écriture, la passion de la littérature. L'amour fou du cinéma, découvert à Rome, dans les ciné-clubs étudiants. Oh, l'ivresse de découvrir Antonioni, Fellini, Bergman, Dreyer,

Godard, Welles… La passion de la politique, la révolte contre l'injustice, l'engagement à gauche, les rêves fous de Mai 68, l'envie de tout changer, de tout chambouler. Comment pouvais-je renoncer à tout cela ? Je ne pouvais pas. Je ne devais pas.

Sans parler du plus intime, du plus ultime : le choix du célibat. Pourquoi, au nom de quoi, renoncer à l'amour d'une femme, au bonheur du corps, à la jouissance du sexe ? Pendant mon adolescence, la chasteté, le célibat, je trouvais que c'était beau. Tout pour Dieu, tout pour le Christ, tout pour les autres (« les autres », c'était l'alpha et l'oméga de l'engagement religieux). C'était grand. C'était beau. Oui, oui, certainement, assurément. Mais c'était du cinéma. Voilà ce que je me disais, de plus en plus souvent : c'est un film que tu te fais. Du cinéma.

Le célibat, la chasteté, la vie consacrée, c'était un film que je me faisais dans la tête. C'était noble, c'était grisant, c'était gratifiant pour l'image de soi, mais c'était du cinéma. La vérité, c'était qu'il fallait que je me fasse ce cinéma pour justifier mon renoncement. C'était une vie idéale, en cinémascope, une vie de pur amour, désincarné, dans un don de soi total, irrévocable, une image idéale de moi-même, une image de perfection, de quasi-sainteté. C'était beau. Ça donnait le frisson. Mais ce n'était pas moi. Je n'étais pas destiné à être le spectateur d'un film dont j'étais le héros parfait, pur et désincarné. J'étais de chair et de sang. J'avais envie de vivre passionnément, à fond, jusqu'au bout.

Voilà où j'en étais, en décembre 1968, au moment de rentrer en France. Sur le point de basculer. Ne voulant renoncer ni aux livres, ni aux films, ni à la politique, ni à l'amour d'une femme. Prêt à laisser mourir l'autre homme en moi, l'adolescent sûr de sa vocation, si désespérément sérieux. Mais je ne savais ni comment, ni quand. Je sentais comme une main posée sur mon épaule, qui m'empêchait d'avancer. Une main dont la pression était devenue plus douce, plus lâche. Mais qui me disait, encore : es-tu sûr de vouloir rompre ton engagement ? Es-tu sûr de vouloir mourir pour renaître, autrement, dans une nouvelle vie ?

C'était comme s'il fallait que quelque chose arrive, qui me pousse en avant, qui m'oblige à renaître.

Et quelque chose est arrivé, en effet. Ce qui s'est passé, c'est que j'ai frôlé la mort. C'est que j'ai failli mourir. Non pas symboliquement, métaphoriquement. Mais réellement. La mort, la vraie. Six mois après mon retour en France, en juin 1969, alors que je rentrais à la maison, à Trans, j'ai eu un accident de voiture. Scalp du cuir chevelu, fracture de la colonne vertébrale, amnésie partielle. Je venais de passer mes examens de théologie, à l'Institut catholique, six mois avec la main posée sur mon épaule, encore. Les six derniers mois. Avant que je ne secoue la main, que je ne m'en défasse, définitivement. Et ce retour à Trans comme un saut dans le vide, la main qui retombe, qui s'éloigne et moi qui m'enfonce dans l'inconnu, dans le noir, dans la nuit.

Et l'accident, soudain, dans un virage.

Fouillant dans mes papiers, dans ce fouillis de feuillets écrits à la hâte, biffés, corrigés, raturés, recopiés, tous ces textes que je n'ai cessé d'écrire, compulsivement, dans ces années-là, j'ai retrouvé un texte écrit d'une seule traite, sans aucune rature, net, propre et sans bavure, quelques mois tout juste après mon accident. Un texte écrit pour moi-même, dans l'urgence. Pour tout me rappeler. Pour ne rien oublier.

L'ironie, c'est que je ne me souvenais absolument pas de l'avoir écrit. Ce texte, je l'avais complètement oublié.

C'est le récit, mot à mot, de mon rendez-vous manqué avec la mort, la vraie. Et de la mort de l'autre en moi. Je n'y ai rien changé, pas un seul mot.

Ce texte, le voici.

Par où commencer ? Je voudrais encore remettre à plus tard, attendre que je sois plus à même d'en parler lucidement, calmement, un peu comme si je le racontais dix ans après, comme un souvenir qui revient brusquement à la mémoire en feuilletant un album de photos avec des amis : « Tu te rappelles ? » Mais je n'y arriverai jamais. Ou alors, justement, dans dix ans. Et je préfère que la cicatrice ne soit pas refermée. C'est maintenant ou jamais. Se réveiller autre, ce n'est pas tous les jours que ça arrive. Et c'est de moi qu'il s'agit, de ce que je suis aujourd'hui, de l'homme incompréhensible à lui-même que je suis.

Ça y est, le film se déroule. Je revois l'hôpital, le lit – et d'abord le bord de cette route. Qu'est-ce que je dis ? Je ne peux pas la revoir, je ne l'ai jamais vue. Ou du moins je ne m'en souviens pas. Des voix, des cris, des bruits de pas. On parle à côté de moi, autour de moi. Cette question, ancrée dans mon corps jusqu'à l'absurde : qu'est-ce qui se passe ? Qu'est-ce que je fais là ? Je parle, je n'arrête pas de parler. J'exige des explications. On m'en fournit, on me les répète. Je n'y comprends rien. J'ai l'impression de naître, de n'avoir jamais été ailleurs que sur le bord de cette route, sur cette herbe que je sens, que je triture.

« Tu te rappelles ? Mais si, rappelle-toi ! » Me rappeler quoi ? Parce qu'il y a quelque chose à me rappeler ? Il s'est passé quelque chose avant ce fait stupide de ma présence ici ? On perd patience, on renonce à me raisonner. La question me vrille la tête, de plus en plus lancinante. Ma tête... J'y mets la main. Je ne reconnais plus rien. Je soulève une espèce d'écorce gluante, où sont accrochés mes cheveux. Dessous, c'est solide, dur. Qu'est-ce que c'est que ça ? Je ne vois toujours rien. Je retire ma main, que je sens poisseuse, que j'essuie sur mon chandail – geste que je referai longtemps après, à l'hôpital et ailleurs, crispant mes doigts sur le drap, geste que je viens de refaire, instinctivement. Qu'est-ce que ça veut dire ? Je remets la main, je m'aventure à tâtons sous cette forme étrange qui doit pourtant bien m'appartenir.

On m'arrête. « Non ! Ne touchez pas à ça ! » Les mots se font plus nets, plus précis. J'entends parler de fracture du crâne. D'autres voix qui disent « mais non ! » Du sang... Mais c'est du sang ! J'ai rêvé d'un accident. Un accident... N'était-ce qu'un rêve ? Alors, que s'est-il passé, puisqu'on veut à tout prix me l'expliquer ? Oh, ce trou monstrueux, cette absence de tout avant ce moment précis, ce vide infini de ma mémoire...

Rien, il n'est rien arrivé. Neuf, je suis neuf, rien n'existait avant. Tout est devant moi. Je renonce à comprendre. C'est trop. Je me tais (je crois me taire). Quelqu'un me bande la tête. J'en prends brusquement conscience. J'ai l'impression d'un bloc de bronze, de fonte, sur mes épaules. Quelque chose d'étranger. Une tête d'emprunt. On me touche. Je le sens. Puis plus rien.

Si, un éclair, et, je peux en attester encore aujourd'hui, le souvenir le plus précis de ces instants qui m'ont paru durer une éternité : je peux mourir, ça m'est égal ; une paix extraordinaire, un bonheur absolu, ou plutôt un renoncement total à tout, à ma vie. Un éclair. Oui, ce ne fut que cela. Et ce fut tout cela. Une révélation, d'une rapidité extrême. Et puis l'absence, l'inconscience, la glissade dans le vide.

Des siècles plus tard : un bruit familier : l'ambulance. On murmure : « Ah, ces voitures qui ne veulent pas dégager la route… » Je me retrouve sur la table d'opération, l'œil fixé sur ce gros œil, là-haut, au plafond, qui me fascine, m'hypnotise. J'entends des voix : le chirurgien et l'infirmière. « Pas mal, son scalp, non ? – Ça, j'avoue qu'il est de taille ! – Vous vous rappelez le dernier que nous avons eu ? – Ah oui, je me demande lequel est le plus important. » Je risque une plaisanterie sur les Indiens. Personne ne répond. Ce qui me porte à croire que je n'ai rien dit du tout. Le vrai supplice commence. « On va vous recoudre ça ! » L'aiguille dans la tête. Et un point à l'endroit, et un point à l'envers. À vif. Je proteste. Le fil se casse. On remet ça. « Ne vous en faites pas, c'est bientôt fini. » Puis, devant mes protestations redoublées : « On ne va tout de même pas vous endormir pour ça, non ? » Dans ma tête. C'est dans ma tête qu'ils me font ça.

Direction radios. « Où c'est que vous avez mal ? » Je dis n'importe quoi. J'ai mal partout. Clac, clac. « Tournez-vous ! » Mais je ne peux pas ! « Allez, allez ! » Et je me tourne. Je me demande encore comment aujourd'hui. On me fait asseoir. Un chariot. Je roule. Et je vomis. Une chambre. Je n'ai toujours rien compris à ce qui s'était passé. Je réalise qu'il s'agit d'un accident, mais où, comment, pourquoi ? Mon passé me réintègre peu à peu. Sauf une tranche, qui dure peut-être une demi-heure et dont je ne me souviendrai jamais. On me l'a racontée, après, et je suis capable à mon tour de la raconter. Mais j'ai un trou.

Piqûres, changements de pansement. Je m'en rends à peine compte. Je reprends progressivement possession de mon corps, tout doucement. Et une nuit, la deuxième, j'ai l'impression d'étouffer. Je gémis du soir à l'aube, dans une espèce d'inconscience. Je crois que je vais y rester et, cette fois, ça ne me réjouit pas du tout : je souffre. Au matin, radio : fracture de la colonne vertébrale. On m'allonge sur une planche. Raide. Droit comme un i. Les jours passent, trois, quatre. Quelques visites. Je ne dis presque rien, je m'en sens incapable. Je vogue toujours un peu. Le mal de tête, horrible, continuel – qui ne me quitte guère, jusqu'à aujourd'hui. Le dos, n'en parlons pas : il ne m'appartient plus.

Un mois. On s'habitue. Les journées sont bien réglées. Je peux lire, j'en profite, jusqu'à ce que le mal de tête devienne trop violent. Je lis Emily Dickinson, les poèmes d'Emily Dickinson. Un mois entre quatre murs. Par une fenêtre, un bout de jardin. Les visiteurs me parlent d'une fontaine, que je ne verrai qu'à la fin, quand je pourrai marcher. Un été merveilleux, un temps splendide – pour les autres.

Il me faudrait parler de ces soirées d'été, mais j'ai peur de ne pas trouver les mots. La vie à portée de main, derrière la vitre. On entend les voitures, les pas des passants, la rumeur apaisée de la ville. En être privé vous le rend encore plus présent, jusqu'à l'obsession, jusqu'à l'angoisse. À l'intérieur, ce sont des bruits familiers : les chariots des infirmières, les sonnettes des malades. L'extérieur, on l'imagine, on ne se rappelle plus très bien. Je n'ai pas encore compris, réalisé que ma vie ne sera plus la même. Simplement, je retarde le réveil.

Puis, un jour, je réussis à m'asseoir sur le bord de mon lit. Un autre jour, je me mets debout, chancelant. Je fais un pas, puis deux. Je marche. Pas bien vite. Je m'appuie au mur. Je réapprends à monter les marches. Je peux aller jusqu'à la fenêtre et voir les gens, les voitures. La vie, derrière la vitre. Il faut que je parte. Il faut que je retrouve le soleil, la lumière, les arbres, que je parle, qu'on me parle.

Pourtant, la dernière nuit, il fait un temps épouvantable. Une tempête d'une rare violence. En Bretagne, il y aura de nombreux morts – dont un compagnon de jeux de mon enfance. Mais demain, il fera beau. Je veux partir.

Les premières heures sont belles. La sécurité de l'ambulance, le monde qui défile. Les retrouvailles, la joie du retour. Je ne suis pas encore très solide sur mes deux jambes, mais je peux faire le tour du bourg, rencontrer des gens, discuter. Je fais un peu figure de rescapé, de miraculé. On me parle avec une sorte de respect.

Puis c'est le soir, la nuit et le début du cauchemar. Impossible de dormir. La peur, l'angoisse. Quelle hostilité, tout à coup. Pourquoi le sommeil ne vient-il pas ? Ma chambre d'hôpital m'apparaît comme un havre de bonheur, de sécurité. Là-bas, rien à craindre. On est protégé, entouré. Surtout, ne plus y penser. Oublier. Dormir, dormir. Par moments, je glisse, je m'enfonce. Puis c'est le sursaut, on me prend à la gorge. Impossible d'y échapper. Je voudrais me rassurer, me calmer : ce n'est rien, un mauvais moment à passer, la fatigue, le voyage. Rien à faire. J'ai beau me débattre, je ne fais que resserrer les mailles du filet. Vivement l'aube. La vie.

Mais le jour n'arrange rien, au contraire. Je ne reconnais plus rien. J'évolue en automate dans un monde froid, distant. J'ai l'impression qu'il suffirait d'un geste pour que tout se resserre sur moi, m'étouffe.

On m'a donné deux mois de convalescence. J'en prendrai six. Six mois d'absence. Somnambule. Bien sûr, je parle, je discute. Mais je suis ailleurs. Dans une espèce d'aquarium. Je crois me cogner partout. Il faut parer au plus pressé. Assurer ma survie. Après, j'essaierai de comprendre. Rimbaud : « Vrai, j'ai trop pleuré. Les aubes sont navrantes. »

Après tout, pourquoi me plaindre ? Juste avant l'accident, j'avais décidé de changer de vie, de rompre avec tout mon passé. Le hasard n'a fait qu'exaucer ma demande. Il suffit de peu de chose. Il n'en restera qu'une carcasse de voiture sur le bord d'une route. Mais est-ce bien cela que j'appelais ? Si j'avais su... Oui, j'avais décidé de tourner la page, de tout recommencer. On s'en est chargé, mais en modifiant tout, dès le départ. Je suis victime d'un détournement d'avenir.

Mes souvenirs m'en apprendront beaucoup.

Plus loin, ces mots :

Peu à peu, le réveil. Lent surgissement de mes ténèbres. Je réapprends la vie, les gestes, les sensations. Je me prépare à repartir, la parenthèse fermée. Et soudain, l'effarement : je ne suis plus le même, je me réveille étranger. C'est comme si quelqu'un d'autre s'était introduit dans mon corps pendant mon long sommeil, à mon insu. Que s'est-il passé ? Ou plutôt : où suis-je passé, où m'en suis-je allé ? Disparu corps et bien. Rupture : avant, après. Quelqu'un est mort en moi. Je suis un autre. Avant, c'est si loin. De la préhistoire. Une vie antérieure. Des souvenirs.

Au milieu de tous mes papiers, tous ces papiers noircis d'une écriture serrée, début 1970, je tombe sur deux feuillets griffonnés à la hâte, maladroitement, des mots à peine formés, des lettres qui tremblent, qui s'affaissent, qui s'écroulent. J'y retrouve deux poèmes, qui sont, pour moi, comme un coup de poing en plein cœur. Deux poèmes de l'accident, de l'hôpital, de la mort.

Celui-ci :

Goutte à goutte, ils empliront ton corps de ce poison d'époque, et tu seras si seul, avec ce coin de ciel au-dessus de tes rêves, un bruit de ville à peine camouflé, des pas, quelques échos de vieux dialogues à travers la cloison. Tu voudras te lever, sentir contre tes mains la chaleur de la vitre et ce sera si long, si difficile à faire qu'il te faudra te résigner, t'accrocher à ton corps pour oublier dehors.

Un jour, ils ouvriront la porte et te diront d'aller, souriants, pleins d'attentions.

Mais tu voudras les tuer.

Mais aussi, au dos du deuxième feuillet, ce poème de rage et de vie :

Volets décidément trop lourds.
Je briserai les murs.

Voilà, j'étais mort, il me fallait renaître. Aujourd'hui, on dirait : me reconstruire. Je déteste ce mot (à peu près autant que « faire le travail de deuil »). Je n'étais pas une maison tombée par terre avec les pierres en vrac. J'étais en train de devenir quelqu'un d'autre. Et j'ai mis du temps, beaucoup de temps. À vingt ans, en Algérie, la nuit, dans le sifflement du radiateur à gaz, je tremblais de bonheur et de peur en pensant à ma vie, au destin qui serait le mien. J'étais dans la passion et dans l'exaltation. Et serré à la gorge par l'inconnu, si je changeais de vie, si je disais adieu à l'adolescent si sérieux, si certain de sa vocation.

Voilà : c'était fait. J'étais cassé de partout, j'avais mal, j'étais seul, je n'avais aucune idée de ce que serait ma vie, ma nouvelle vie. Mais je croyais aux miracles. J'ai toujours cru aux miracles. J'aurais aimé en parler avec Jacques Vallot. Tout lui raconter, comme jadis, à Tizi-Ouzou. Jadis ? Un an à peine. Une éternité. Mais je n'avais aucune nouvelle de lui. Je ne savais même pas où il habitait. Ni adresse, ni numéro de téléphone. Tant pis. J'oublierais Jacques Vallot.

Peu à peu, je suis sorti de ce long tunnel noir. J'ai trouvé du travail. Un travail idiot, stupide : classer des fiches à Bayard Presse, au service des abonnements. Mais que pouvais-je espérer après deux ans de philosophie, à l'Université grégorienne, à Rome, et une année de théologie à l'Institut catholique ? Quitter celui que j'étais, c'était aussi cela : n'être personne, n'être attendu par personne, nulle part. Sauf pour classer des fiches.

Ayant trouvé du travail, j'ai pu louer une chambre. Une chambre d'une infinie tristesse, près de la place Clichy, chez un vieux monsieur qui avait besoin d'argent – et de compagnie. Je mangeais seul, le soir, dans un self-service de la place Clichy. La même chose, tous les soirs : omelette spaghettis. C'était le plat le moins cher.

J'avais le dos brisé, la tête en feu. Et je me demandais ce que j'allais devenir. Ce qu'allaient devenir mes rêves, les livres, les films, la politique, l'amour. L'amour, surtout. Comment fait-on pour trouver l'amour ? Comment fait-on pour trouver celle qu'on aimera, qui vous aimera ? Comment sait-on qu'on a trouvé la femme de sa vie ? On n'oublie pas, comme ça, d'un seul coup, celui qu'on a été. Celui qui avait la vocation. Celui qui s'était engagé, corps et âme, dans la vie religieuse. J'avais fait le pas. L'accident m'avait fait basculer, définitivement. Mais il faut du temps pour oublier ce qui, pendant des années, a été votre vie. Beaucoup de temps.

Au moins, j'étais libre. C'était ce que je me répétais : tu es libre. Ta vie t'appartient. Tu n'as qu'une vie. Elle est à toi. À personne d'autre.

Et je croyais aux miracles.

Comment trouve-t-on la femme de sa vie ?
Très simplement.

Faisant le même travail stupide que moi, il y avait deux étudiantes. Deux amies, qui payaient ainsi leurs études et la location de l'appartement qu'elles partageaient avec une troisième amie qui, elle, gagnait déjà sa vie, comme bibliothécaire. Toutes les trois s'étaient rencontrées pendant leurs premières années d'études, à Lyon. Les deux classeuses de fiches s'appelaient Anne et Anne-Marie. La bibliothécaire s'appelait Anne.

À Bayard Presse, je n'avais pas plus l'air d'un classeur de fiches professionnel que les deux étudiantes, ce qui ne leur a pas échappé. Entre classeurs de fiches non professionnels, nous avons vite sympathisé. Un jour, elles m'ont invité chez elles, pour prendre l'apéritif.

On était en train de boire, de picorer, de discuter quand est arrivée Anne, la bibliothécaire, qui rentrait de son travail. Elle portait, je me souviens, une jupe écossaise. Et elle avait les yeux bleus, d'un bleu que je n'avais encore jamais vu, avec des petits éclats d'or au milieu. On a bu l'apéritif tous les quatre, on a discuté, comme on discutait dans ces années-là, juste après Mai 68, dans la ferveur et la passion, avec de grandes envolées et de grandes proclamations. J'ai un peu parlé de moi, de mon histoire. Juste un peu. J'ai juste dit, je crois, que j'avais fait des études de philosophie. Et j'ai parlé de l'Algérie. Anne, la bibliothécaire, était la moins bavarde des quatre. Elle regardait, elle écoutait. Et moi je ne regardais qu'elle. Je ne voyais que ses yeux bleus.

C'est peut-être ainsi que ça se passe, me disais-je. On rencontre une fille avec des yeux bleus piqués d'or. Et on se demande si on ne va pas l'aimer. Si ce n'est pas ainsi que commence l'amour.

Je suis plusieurs fois retourné chez Anne, Anne et Anne-Marie. Il n'était plus seulement question d'apéritif. Mais de repas, de longues soirées de discussions. Plus je parlais, plus Anne me regardait, m'écoutait. Plus elle parlait, plus je la regardais, je l'écoutais. Et quand elle ne disait rien, je ne pouvais pas m'empêcher de la regarder. D'écouter son silence. J'aimais bien les deux autres, l'autre Anne et Anne-Marie. Je me sentais bien avec elles, on était sur la même longueur d'onde, on avait les mêmes goûts, les mêmes envies. Mais avec Anne et ses yeux bleus, ça n'avait rien à voir. Anne et sa jupe écossaise. Il y avait, entre elle et moi, cette attirance contre laquelle on ne peut rien. Absolument rien.

Quand je rentrais à pied, le soir, dans ma chambre sinistre, près de la place Clichy, j'essayais de comprendre ce qui m'arrivait. Je me disais que j'inventais, que j'imaginais. Qu'elle ne pouvait pas ressentir pour moi ce que je ressentais pour elle. Un type cassé, brisé, sans argent, sans avenir, sans rien. Tout juste bon à classer des fiches à Bayard Presse. Même pas beau, avec la large cicatrice sur mon front, la cicatrice de mon scalp. Même pas beau, de toute façon. Alors qu'elle, ses yeux bleus, son visage si fin, son visage de biche, cette douceur et cette force, elle était belle, elle était vraie. Oui, je me disais que j'inventais, que j'imaginais. Mais je ne pensais plus qu'à elle.

Un jour, j'ai fini par lui écrire. Une longue lettre où je disais, je m'en souviens encore, au milieu de nombreuses considérations : « Anne, je (crois que je) t'aime » (une déclaration d'amour entre parenthèses, c'était le maximum dont je me sentais capable...). Peu de temps après, elle m'a invité. Oui, elle. Elle seule. Ses deux amies étaient rentrées chez elles, à Lyon, pour les vacances. Anne était seule. En montant l'escalier, en sonnant à sa porte, j'essayais désespérément de ne pas croire ce que me disait mon cœur. Je ne voulais pas prendre le risque de me tromper, de mal interpréter cette invitation. Oui, elle était seule, et alors ? Ça ne voulait rien dire de particulier. Elle m'invitait à dîner, voilà tout. Je me mordais les lèvres, pour m'obliger à ne pas imaginer autre chose. Pour ne pas être déçu.

Elle a ouvert la porte. Elle m'a regardé de ses yeux bleus piqués d'or. Je l'ai suivie dans sa chambre. Nous nous sommes assis l'un à côté de l'autre, sur le bord de son lit. Je devais avoir l'air complètement idiot, complètement stupide. Elle m'a pris la main. Je me suis approché d'elle. Je l'ai entourée de mes bras, maladroitement. Elle s'est serrée dans mes bras. Nous nous sommes embrassés, longuement. Et puis...

Au matin, pour partir au travail, elle a mis sa jupe écossaise. Je regardais ses jambes, sous sa jupe écossaise. J'étais amoureux de ses jambes. J'étais amoureux de ses yeux. J'étais fou amoureux d'Anne.

On avait le même âge, à six mois près. On venait des mêmes familles catholiques. On avait les mêmes interrogations sur l'Église, sur la foi. On avait vécu Mai 68 avec la même ardeur, le même enthousiasme, elle à Lyon, moi en Algérie. On avait la même envie de changer la vie, comme on disait alors, de bousculer la société, la politique. J'avais commencé à militer au PSU. Elle en partageait les idées, les engagements. C'était comme un rêve, de découvrir qu'on avait tout en commun, au fur et à mesure de nos conversations.

Sauf qu'Anne était de la bonne bourgeoisie de Saint-Étienne, avec grande maison de famille, grandes pièces, grand parc. Alors que chez moi on n'était rien, on n'avait rien, sinon cette maison cabossée, à Trans, qui tenait par les papiers peints. On n'aurait jamais dû se rencontrer. Mais il faut croire aux miracles, qu'on appelle le hasard : classer des fiches avec deux autres classeuses de fiches. Et puis…

Avoir rencontré Anne a transformé ma vie. Je n'avais rien, pas de métier, pas d'argent, mais j'étais vivant. J'étais plein de projets, autour des livres, du cinéma, de la politique. Fin 1969, alors que je ne travaillais pas encore à Bayard Presse, alors que je sortais tout juste de mon accident, j'avais envoyé un choix de mes poèmes à Jean Cayrol, immense poète, immense écrivain, que j'admirais beaucoup et qui dirigeait une collection de poésie, aux éditions du Seuil. Je ne connaissais personne, je venais juste d'arriver à Paris. Mais je voulais qu'on lise mes poèmes. J'avais ce culot, cette naïveté, cette inconscience de croire qu'on pouvait les aimer. À qui les envoyer, m'étais-je dit, sinon à Jean Cayrol, dont je lisais les livres ? J'ai trouvé l'adresse des éditions du Seuil. J'ai rédigé une belle lettre. Et je l'ai envoyée, avec mes poèmes.

J'ai retrouvé sa réponse, dans le gros classeur ventru où dorment toutes les autres lettres. Il avait pris la peine de lire mes poèmes. Et voici ce qu'il m'écrivait :

Cher Monsieur,

Nous avons lu avec attention votre recueil de poèmes, où vous mettez vos doutes, votre solitude, votre attention au monde, de laquelle jaillit une solidarité et, par là, l'espoir d'un monde nouveau. Tout cela nous inspire de la sympathie ; cependant, vous semblez encore accorder trop d'importance à l'« inspiration », cela au détriment d'un travail plus approfondi sur le langage. Nous ne saurions trop vous conseiller de vous relire, de choisir parmi tout ce qui vient, et d'exiger de votre poésie une rigueur et une tension sans relâche. En effet, l'inspiration lâchée sans bride sur le papier peut paraître neuve à celui qui écrit soumis à ses pulsions, mais en réalité elle traîne avec elle tout l'héritage d'une culture et le tout-venant des images et des paroles dans lesquelles nous baignons. Quand vous écrivez : « Je vais mourir et la terre est plus belle/Il y a dans le ciel comme une odeur de roses », cela sonne comme des chansonnettes, qui sont elles-mêmes l'écume des siècles de littérature.

Voilà, cher Monsieur, les quelques réflexions qui nous sont venues à vous lire. Nous vous retournons votre recueil, que nous ne pouvons

C'était accablant. C'était humiliant. Le pire, c'est que c'était loin d'être faux. J'étais bien obligé de le reconnaître. Mes poèmes écrits au Canada, à Rome ou dans la solitude de ma chambre, à Djemâa-Saharidj, autour de mes vingt ans, auraient eu besoin d'être relus, travaillés, corrigés. Impitoyablement. En me méfiant des facilités adolescentes de l'« inspiration », ce fleuve qui charrie tout et n'importe quoi.

Mais, tout de même, la leçon était rude. Très rude. Quand j'ai reçu cette lettre, j'étais au fond du trou. Écrire à Jean Cayrol, lui envoyer mes poèmes, c'était comme un appel au secours. Une tentative désespérée de sortir du trou, de dire au monde : voyez, j'ai écrit ces poèmes, je suis peut-être cassé, brisé, sans avenir, sans rien, mais j'ai écrit ces poèmes, lisez-les, s'il vous plaît. Au moins, Jean Cayrol les avait lus. Et il avait pris le temps de me répondre personnellement, sur le fond, au lieu de se débarrasser de moi par la

lettre de refus passe-partout, lâchement envoyée
par tant d'éditeurs. De cela je lui étais reconnaissant, infiniment reconnaissant.
Mais, bon, tout de même...

Après avoir rencontré Anne, après être tombé amoureux de ses yeux bleus piqués d'or, je débordais d'énergie, d'enthousiasme, j'étais soulevé d'un espoir sans limites. Elle m'avait insufflé cette énergie, elle m'avait donné cet espoir sans limites. J'allais reprendre mes poèmes, les relire, les trier, les travailler. Et les proposer à un autre éditeur, peut-être moins prestigieux. J'allais écrire ce livre dont je rêvais déjà en Algérie, ce livre sur Bob Dylan, que j'avais découvert à Rome grâce à mes amis américains. J'allais tourner ce film en Bretagne avec mon ami Yves, mon plus vieil ami, ce film dont nous rêvions tous les deux. Oui, j'allais faire toutes ces choses, avec ardeur, avec passion. Je me sentais littéralement transporté, je me sentais prêt à tout, même si je n'avais toujours ni argent, ni métier.

Et puis un jour, alors que j'étais venu dîner chez elle, Anne m'a dit : Au fait, j'ai appris que tu connaissais Jacques Vallot. Comment ça, je lui ai dit, comment sais-tu que je connais Jacques Vallot ? Elle m'a répondu : Mais c'est lui qui me l'a dit ! C'est lui qui m'a dit que vous vous étiez connus en Algérie, à Tizi-Ouzou. Mais où as-tu rencontré Jacques Vallot, je lui ai demandé, quand l'as-tu rencontré ? Elle m'a alors expliqué qu'elle le connaissait très bien, qu'il était d'une petite ville près de Saint-Étienne, sa ville à elle, Anne, qu'ils faisaient tous les deux partie du même groupe d'amis. Ils avaient fait de la montagne ensemble, dans les Pyrénées... Elle connaissait bien son frère et sa sœur. On est vraiment très proches, insistait-elle !

J'étais stupéfait. J'étais abasourdi. Anne et Jacques Vallot se connaissaient, ils étaient amis ! C'était absolument vertigineux. Je me rappelais nos discussions, à Tizi-Ouzou. Je me rappelais comment nous nous étions immédiatement retrouvés sur la même longueur d'onde, lui et moi. Comment nous nous étions immédiatement reconnus. Il n'y avait qu'à Jacques Vallot que je pouvais parler de mes doutes, de ma prétendue vocation, de mon envie de basculer, de laisser tomber. Il n'y avait qu'avec Jacques Vallot que je m'étais senti en totale connivence, en mai 1968. Et il connaissait Anne ! Ils étaient amis !

Il y avait là comme un tour du destin, un nœud mystérieux, miraculeux, qui me donnait le vertige. C'était comme si le temps était aboli. Comme si des mondes parallèles se rencontraient dans une autre dimension. Pourquoi avais-je rencontré Jacques Vallot ? Pourquoi avais-je rencontré Anne ? Pourquoi Anne et Jacques Vallot se connaissaient-ils ? Comment tout cela avait-il été possible ? J'avais l'impression qu'il n'y avait plus ni passé, ni présent, ni avenir. Que tout était mélangé. Que nos trois vies n'existaient que dans un éternel présent, hors du temps. Parlant avec Jacques Vallot, je parlais avec l'ami d'Anne, que je rencontrerais, que j'aimerais. Je ne le savais pas, je ne pouvais pas le savoir. Et pourtant j'ai bel et bien rencontré Anne. Et nous sommes tombés amoureux l'un de l'autre. Ma vie a basculé du jour où j'ai rencontré Anne. Et elle connaissait Jacques Vallot !

Je me dis que ça ne peut pas être un hasard, qu'il n'y a pas de hasard. Écrivant cela, je reste au bord d'un abîme que je suis incapable de franchir. Je ne peux pas aller plus loin. Je ne peux pas combler cet abîme avec des mots. Parce que c'est le hasard, bien sûr. Sinon quoi ? Je ne crois pas à la prédestination, je ne crois pas à la Providence, nous ne sommes pas des pions manipulés sur un échiquier. Mais il y a ce mystère, pourtant : Anne et Jacques Vallot sont nés tout près l'un de l'autre, ils étaient amis, ils ont marché ensemble dans la montagne, avec le même groupe d'amis. Et je les ai rencontrés, l'un et l'autre. L'un, puis l'autre. Sans savoir qu'ils se connaissaient, sans pouvoir imaginer que je rencontrerais Anne. Comme si c'était inéluctable, inexorable. Comme si c'était écrit.

« Comme si c'était écrit » ne veut rien dire. Et pourtant si : tout.

Je suis rentré chez moi, ce soir-là, avec tout cela tournant dans ma tête. Incapable de dénouer le nœud, de mettre des mots sur ce que je venais d'apprendre, de comprendre. Sinon que d'avoir rencontré Anne était la chance de ma vie. Et que Jacques Vallot, sans que je sache comment, y avait sa part.

C'était comme le récit des pèlerins d'Emmaüs, dans l'Évangile. Une histoire qui m'a toujours accompagné, qui m'a servi de viatique, pour mieux comprendre l'incompréhensible, voir l'invisible. La scène se déroule après la mort du Christ et sa mise au tombeau. Deux de ses disciples, complètement déboussolés, font route vers le village d'Emmaüs, « en s'entretenant de tout ce qui s'était passé ». Un inconnu les aborde alors, leur demande de quoi ils peuvent bien parler. « Tu es bien le seul habitant de Jérusalem à ignorer ce qui s'est passé ces jours-ci », lui répondent-ils, « le visage morne ». Et ils lui racontent l'immense espoir soulevé par Jésus, l'enthousiasme avec lequel ils l'ont suivi. Et puis l'abattement, l'effondrement, après la mort de celui en qui ils avaient tellement cru.

L'inconnu entreprend alors, tout en marchant, de leur donner les clés pour comprendre ce qui vient de se passer, en s'appuyant sur la Bible. Arrivé à Emmaüs, « il fit semblant d'aller plus loin ». Mais ils le retiennent par la manche : « Reste avec nous, car le soir tombe. » Ils s'installent ensemble à l'auberge, commandent à manger. Au début du repas, l'inconnu prend le pain sur la table, le rompt et leur donne à chacun un morceau. « Leurs yeux s'ouvrirent et ils le reconnurent… mais il avait disparu de devant eux. Et ils se dirent l'un à l'autre : notre cœur n'était-il pas tout brûlant, au-dedans de nous, quand il parlait en chemin en nous expliquant les Écritures ? »

Et moi, quand je parlais avec Jacques Vallot, à Tizi-Ouzou, je ne savais pas que je rencontrerais

Anne, dont j'ignorais jusqu'à l'existence, et qui était l'amie de Jacques Vallot. Et c'est avec lui, parmi tous les coopérants, que j'avais noué une relation d'amitié. C'est lui que j'avais immédiatement reconnu comme un frère. Je ne savais rien, je ne pouvais rien savoir. Et pourtant, rentrant chez moi, ce soir-là, je pouvais dire, comme les pèlerins d'Emmaüs : mon cœur n'était-il pas tout brûlant au-dedans de moi tandis que nous parlions ?

J'étais complètement fou. Oui, fou à lier. Mais c'était une folie que j'aimais, une folie que je chérissais.

Voilà quelques années, j'ai fait un rêve qui m'a profondément marqué, un de ces rêves qui, au réveil, vous laissent un sentiment de réel, tellement ils s'imposent par leur précision, par les sensations qu'ils impriment. J'ai rêvé que j'allais en Israël, où je n'avais encore jamais mis les pieds. Dans mon rêve, je partais, en voiture, à travers le désert. À un moment donné, au sommet d'une côte, j'étais frappé par un paysage de pierres, de sable et de rochers qui s'imposait par sa lumière particulière, par sa présence mystérieuse. Ce paysage, je le voyais dans les moindres détails, j'aurais pu le décrire. Et c'est cette image, cette vision, qui m'habitait encore au réveil, pour me poursuivre toute la journée.

Quelque temps plus tard, j'ai reçu un coup de téléphone : on m'invitait en Israël, pour rencontrer un écrivain. J'y suis allé. Le lendemain de mon arrivée, je suis parti de Jérusalem, en voiture, pour aller à Bethléem, en traversant le désert de Judée. Et là, en haut d'une côte, j'ai vu le paysage que j'avais vu en rêve. Exactement le même. Les mêmes pierres, le même sable, les mêmes rochers, la même lumière. Et cette même présence, bouleversante. J'ai reconnu ce que je connaissais déjà.

Ainsi les pèlerins d'Emmaüs, dont le cœur était brûlant tandis qu'il leur parlait, ont-ils reconnu l'inconnu quand il a rompu le pain, à l'auberge... La vie est un mystère.

Quelque temps après m'avoir dit qu'elle connaissait Jacques Vallot, Anne m'a annoncé qu'il allait venir à Paris et qu'elle l'avait invité, pour que nous nous retrouvions tous les trois. Elle aussi était abasourdie par cette histoire, elle y voyait comme un signe, une énigme. C'est tout de même étrange, me disait-elle en me fixant de ses yeux bleus. Étrange, oui, répétait-elle.

J'attendais de revoir Jacques Vallot dans un mélange bizarre d'excitation et d'appréhension. Nous nous étions rencontrés dans des circonstances assez particulières, jeunes coopérants en Algérie, loin de notre famille, de notre milieu d'origine. Nous nous étions vus pendant à peine un an, guère plus de deux ou trois fois par mois, sans doute moins. Puis il était rentré en France.

Et nous ne nous étions jamais revus. Il y avait bien cette lettre qu'il me semblait avoir reçue de lui (mais je n'ai rien retrouvé dans le gros classeur ventru). Et peut-être lui avais-je moi aussi écrit. Mais depuis : rien, aucune nouvelle.

Allions-nous retrouver cette même complicité, cette même évidence entre nous ? J'avais eu mon accident, j'avais quitté la vie religieuse, j'avais rencontré Anne. J'étais devenu un autre. Et lui, qui était-il devenu ? Je n'en savais rien.

Et puis il y avait Anne, qui nous réunissait. Anne qu'il connaissait certainement beaucoup mieux que moi. Anne avec qui il avait arpenté la montagne, dans le même groupe d'amis. Il m'avait connu engagé dans la vie religieuse. Il allait me retrouver amoureux de celle qu'il connaissait avant moi, beaucoup mieux que moi. Par-dessus tout, il y avait ce mystère de nos vies parallèles et pourtant entrecroisées, entremêlées, entre passé, présent et futur. Il y avait ce mystère de nos destins.

Et c'est ce que j'attendais, au fond, de mes retrouvailles avec Jacques Vallot : plonger au cœur du mystère, dénouer le nœud de nos destins.

Je suis arrivé le premier chez Anne, ce soir-là. Elle avait mis la table. Elle était aussi impatiente que moi. Elle avait aussi, je crois, la même appréhension. Elle était celle qui nous réunissait, Jacques Vallot et moi, le trait d'union entre nous deux, dans un espace-temps aussi improbable que mystérieux. Il y avait le groupe d'amis de Saint-Étienne. Il y avait Tizi-Ouzou. Il y avait notre aventure à nous deux, Anne et moi, qui commençait tout juste, intense et fragile.

Jacques Vallot était en retard. Anne a proposé qu'on prenne l'apéritif en l'attendant. Ça va le faire venir, comme on dit rituellement dans ces cas-là. Mais le temps passait et Jacques Vallot n'arrivait pas. Anne pensait qu'il avait dû avoir un empêchement, un contretemps imprévu. Elle essayait de ne pas trop montrer son inquiétude, mais je la sentais un peu tendue. Elle a essayé de le joindre au téléphone, mais elle ne savait pas s'il était encore à Saint-Étienne ou déjà à Paris. Personne, en tout cas, n'a répondu (et les portables n'existaient pas…). Nous avons alors décidé de passer à table, en espérant toujours le coup de sonnette, son arrivée soudaine, ses excuses, ses explications, son sourire, le petit sourire de Jacques Vallot. Et la longue soirée que nous allions passer ensemble.

Mais Jacques Vallot n'est pas venu. Peu à peu, au fur et à mesure que l'heure passait, nous avons compris qu'il ne viendrait pas. Qu'il était trop tard. Tant pis, a dit Anne, ce sera pour une autre fois. Elle était déçue. Mais elle essayait de faire bonne figure. Oui, ce n'était que partie remise. Notre histoire était trop étrange, comme elle disait, pour qu'elle n'aille pas jusqu'au bout, nous trois réunis dans les souvenirs.

Et, bien sûr, dans l'avenir.

Quand j'ai revu Anne, le lendemain, elle était blanche. Et elle pleurait. Elle venait de recevoir une lettre de Françoise, une amie de leur groupe de montagne. Cette lettre, Anne la tenait encore dans sa main. Et elle me répétait ce qu'elle disait : Jacques Vallot s'était tué en montagne, au cours d'une escalade dans le Vercors. Un accident idiot, stupide, répétait Anne. Lui qui était excellent alpiniste, qui savait tous les pièges de la montagne, qui était d'une prudence extrême, il s'était écarté du groupe pour reconnaître le chemin, un peu plus loin, tout en haut du sommet. Et bêtement, stupidement, il avait glissé sur l'herbe, il avait perdu l'équilibre et il était tombé dans le vide. Il s'était tué. Il aurait dû rester encordé. Mais il avait dit que ce n'était pas la peine, qu'il allait juste voir là-bas, au bout, au bord, qu'il n'en avait que pour quelques minutes. Et là, au bord, il avait glissé. Il était tombé. Une chute de quatre-vingt-dix mètres. Jacques Vallot s'était tué.

Anne répétait ces mots comme pour se convaincre, se persuader de leur réalité. Jacques Vallot, son ami, son compagnon de montagne. Jacques Vallot et les amis de Saint-Étienne. Sa jeunesse, à Anne.

Jamais nous ne pourrions nous rencontrer tous les trois. Jamais. Anne avait ses souvenirs. J'avais les miens. Je revoyais le Jacques Vallot de Tizi-Ouzou, en mai 1968. Ou au Sahara, à Ghardaïa. Je ne lui avais jamais dit ce que je lui devais, à quel point il m'avait aidé. Il ne le saurait jamais. Je n'aurais aucune chance de le lui dire, de renouer avec lui, d'aller plus loin avec lui dans notre amitié, notre complicité. Il y avait ces simples mots, nus, définitifs : Jacques Vallot s'était tué. Jacques Vallot était mort.

Tout cela resterait donc un mystère. Anne, Jacques Vallot et moi. Il m'avait aidé, sans le savoir, à faire mourir l'adolescent si terriblement sérieux, si convaincu d'avoir la vocation, prêt à s'enfouir sous terre, à se dépouiller de lui-même pour vivre une vie au service exclusif de Dieu. Mais lui, il était mort. Pas une mort symbolique, métaphorique, une mort qui est comme une image poétique, avec laquelle on joue. Une mort comme une figure de style, commode, pratique, pour exprimer on ne sait trop quoi, ces sentiments confus dictés par l'« inspiration », tout ce qui vient et qu'on laisse venir et qui permet de se prendre pour un poète profond, hanté par la mort.

Non : une vraie mort. Définitive. Plus de vie devant lui. Plus rien. Jacques Vallot était mort. Il avait vingt-quatre ou vingt-cinq ans. Le même âge que moi, à peu de chose près. J'étais vivant. Il était mort. J'avais les souvenirs de Tizi-Ouzou. Anne avait les souvenirs des Pyrénées, de la brèche de Roland. Nous n'aurions aucun souvenir commun. Nous étions liés à jamais, tous les trois, par une histoire invisible, une histoire secrète, qui resterait à jamais inaccomplie. Une histoire qui n'aura jamais existé réellement, concrètement. Et qui s'appelle pourtant le destin.

Les choses n'ont pas été simples, avec Anne. Au bout de quelques mois, nous nous sommes séparés. Elle n'était pas sûre de son amour pour moi. Je crois que je lui faisais un peu peur. J'avais des idées radicales sur le travail, la société, la vie en couple. J'avais tourné la page de ma vie religieuse violemment, radicalement. Mon accident m'avait précipité dans une révolution personnelle que je voulais sans compromis, ce que j'appelais des compromis. Après tout, c'était le début des années soixante-dix. Il fallait tout changer, tout chambouler, de fond en comble. J'avais failli mourir. Je n'avais qu'une vie. Je ne voulais aucun compromis avec cette société marchande, cette société de consommation aliénante, avilissante. Je militais au PSU. Je m'imaginais vivre de petits boulots. J'imaginais improviser ma vie, au gré de mes engagements politiques, de mes envies, de mes désirs. Je me voulais intransigeant. Et libre. Libre !

Pour tout dire, je crois que j'étais assez con. Avec Anne, en tout cas, que j'abreuvais de mes théories, de mes grandes idées définitives sur la vie, sur l'amour, sur le monde, sur tout. Raisonneur, comme disaient mes frères et sœurs quand j'étais petit. Épouvantablement raisonneur.

Alors nous nous sommes séparés. Sans savoir si c'était pour de bon, si c'était définitif. Mais c'était mieux ainsi, voilà ce qu'on disait. On se sépare. Et on verra. Oui, voilà ce qu'on disait. Et pourtant, le soir de notre rupture, en rentrant chez moi, dans la nouvelle chambre que je louais, rue Lacretelle, je pleurais comme un enfant. J'étais en train de perdre Anne, on se séparait. Et je l'aimais.

Les semaines qui ont suivi, je n'ai pas cessé de me demander pourquoi, au fond, on se séparait. Puisque je l'aimais. Et que j'étais sûr qu'elle m'aimait. Chaque fois que je voyais passer une 2 CV, dans les rues de Paris, mon cœur battait. Je me demandais si ce n'était pas la 2 CV d'Anne. Si elle n'allait pas s'arrêter pile devant moi. Si Anne n'allait pas jaillir de sa 2 CV, sauter dans mes bras et m'embrasser.

Mais non. Mais rien.

C'était ma faute. Raisonneur !

Entre-temps, dans ma petite chambre de la rue Lacretelle, j'avais écrit mon livre sur Bob Dylan. Et je l'avais publié. J'avais aussi publié mon recueil de poèmes : j'avais trouvé un éditeur moins exigeant que Jean Cayrol. Plus complaisant. Plus réaliste, aussi : il l'éditait à moitié à compte d'auteur. Mais enfin, mes poèmes existaient. Mes amis pouvaient les lire. Et ma famille aussi.

Je m'inventais ma vie, passant d'un travail à un autre. Je commençais à écrire dans des revues de cinéma. J'avais l'impression que tout s'ouvrait devant moi. Sauf que j'avais perdu Anne, que nous nous étions perdus.

Mais les miracles existent : quelques mois après notre rupture, nous nous sommes retrouvés. En nous demandant pourquoi nous nous étions quittés. J'ai eu le temps de présenter Anne à ma mère, juste avant sa mort. La mort de ma mère, à soixante ans, d'un cancer foudroyant. Le jour où j'ai présenté Anne à ma mère est l'un des plus beaux jours de ma vie. Qu'elles aient pu se connaître, discuter. Qu'elles aient pu s'aimer. C'est un des pires jours de ma vie, parce que je savais qu'il n'y aurait pas d'autre jour. Je savais que ma mère allait mourir. Et que jamais Anne et elle n'auraient le temps d'avoir cette complicité dont je rêvais tellement.

Nous nous sommes mariés l'année d'après la mort de ma mère. Il y avait les parents d'Anne, si présents, si généreux. Qui se demandaient, j'en suis sûr, quel olibrius leur fille était en train d'épouser, tellement j'étais loin de leur milieu. Tellement, surtout, je me montrais intransigeant, tellement j'étais intolérant. Mais qui acceptaient son choix, qui acceptaient notre amour. Mais ma mère n'était pas là. Ma mère était morte. Plus jamais elle n'écrirait « mon gars », à la fin d'une de ses lettres. Plus jamais elle ne m'écrirait de lettres.

Elle est morte dix ans exactement après la mort de mon père. Son mari.

Dix ans après la fin de la guerre entre eux.

J'ai mis beaucoup de temps à pouvoir parler de mon père avec Anne. J'ai eu beaucoup de mal. Je la voyais avec son père. Je voyais comme ils s'aimaient. Je n'arrivais pas à lui dire que je ne savais pas ce que c'était, d'aimer son père comme elle aimait son père. Moi, j'ai eu honte de mon père. J'ai eu honte de le voir saoul. Je l'ai vu comme un étranger, quand il rentrait le soir à la maison, à Trans, et qu'aussitôt reprenait la guerre entre ma mère et lui. Plus que tout, j'ai eu honte de mon soulagement, au lendemain de sa mort. J'ai eu honte de penser : voilà, c'est fini, plus jamais il n'y aura les cris, plus jamais il n'y aura la guerre, plus jamais il n'y aura ce père qui apporte la guerre.

C'était mon père. Et je n'ai jamais su l'aimer, comme un enfant est censé aimer son père. J'avais quinze ans quand il est mort. Et je n'ai compris que bien plus tard tout ce qui m'a manqué, à jamais : l'amour pour un père qui m'aimait. Car je sais, aujourd'hui, qu'il m'aimait. J'ai mis tellement de temps à le comprendre, à en avoir la certitude. Il n'était pour moi que celui qui apportait la guerre, je ne pouvais même pas imaginer qu'il m'aimait. Puisque moi je ne savais pas l'aimer.

Plus que l'amour de mon père, c'est cela qui me manque, à jamais : mon amour pour mon père. Je n'ai pas connu cet amour-là, je m'en suis privé. Je n'ai pas su ce que ça voulait dire, aimer son père. Et je sais que de cette blessure-là, on ne guérit jamais. Jamais.

Voilà tout ce que je n'arrivais pas à dire à Anne. J'en étais incapable. J'avais l'impression d'être un monstre, quand je la voyais parler avec son père, quand je voyais cette complicité entre eux, cette intimité. Ah, tout cet amour !

Mais c'est cela, aussi, vivre avec quelqu'un, aimer quelqu'un qui vous aime : on devient capable de dire ce qu'on n'avait jamais dit, à personne. J'ai réussi à parler avec Anne de mon père. Quand on aime, on peut parler du manque d'amour. Même si la blessure ne guérit pas. Car elle ne guérit pas.

Je suis plus vieux que mon père. J'ai presque dix ans de plus que lui, à sa mort. J'ai beaucoup écrit sur lui, dans plusieurs livres, et cela m'a aidé à l'aimer, à le comprendre. On pourrait croire que le temps et l'écriture effacent la blessure. Mais on reste un enfant, à jamais. On ne guérit pas.

Près de quarante ans après notre première rencontre, du temps où je classais des fiches à Bayard Presse, nous nous aimons toujours, Anne et moi. Je ne vais pas écrire « comme au premier jour » : c'est un cliché de chansonnette, comme dirait Jean Cayrol de mes poèmes. Mais c'est pourtant vrai. Je suis sûr que c'est vrai. C'est un amour avec des bosses, avec des bleus. L'amour n'est pas un long fleuve tranquille. Mais je n'ai jamais cessé d'être amoureux d'Anne. Jamais. Malgré les crises, malgré les larmes. Malgré ces moments où l'on doute de l'amour. Et ces petites chicaneries, ces petites exaspérations, qui peuvent grossir et menacer l'amour.

Oui, malgré tout cela, je suis amoureux d'Anne comme au premier jour, Anne et ses yeux bleus piqués d'or. Ensemble, nous avons changé. Elle m'a fait changer. Elle dirait sans doute que je l'ai fait changer. C'est grâce à elle que je suis devenu journaliste : elle m'a poussé à forcer le destin, à tenter ma chance. À oublier les petits boulots, la vie bricolée au petit bonheur. Je lui dois d'avoir connu ce métier qui m'a rendu tellement heureux, qui m'a fait vivre toutes mes passions, toutes mes envies.

Et puis nos trois enfants. Découvrir le bonheur d'être père, le bonheur d'être aimé comme un père...

Je n'ai pas de réponse à ceux qui me demandent comment on fait pour vivre si longtemps ensemble, alors que tant de couples se séparent. Tout ce que je peux dire, c'est que nous nous aimons, c'est que nous sommes amoureux.

Tant pis pour la chansonnette...

Avec le temps, j'avais presque oublié Jacques Vallot. Ou, du moins, j'avais presque cessé de penser à lui. C'était comme s'il était sorti de ma tête. Quand je parlais de l'Algérie, de l'école de Djemâa-Saharidj, en Grande Kabylie, j'oubliais presque toujours de parler de lui. Même avec Anne, je ne parlais que très rarement de lui. Ou alors épisodiquement, quand elle évoquait le groupe d'amis avec qui elle faisait de la montagne. L'un de nous deux disait alors : tu te souviens de Jacques Vallot ? Mais c'était rare, de plus en plus rare.

Quand j'ai écrit *Un jeune homme est passé*, où je raconte mes deux années en Algérie, je n'ai pas dit un mot de Jacques Vallot. Pas un seul mot ! Pas un instant, en écrivant ce livre, je n'ai pensé à Jacques Vallot. Pendant mes rencontres avec des lecteurs, à propos de ce livre, jamais je n'ai cité Jacques Vallot, jamais ne m'est venue l'idée de parler de lui. Étrange oubli, étrange censure. Pourquoi cette espèce d'amnésie ? Comment l'expliquer ? C'était comme s'il fallait que j'oublie Jacques Vallot. Comme s'il fallait que j'oublie sa mort.

Et puis voilà que, marchant le long du canal, en bas de chez moi, il s'est brusquement imposé à moi. Violemment, intensément. Tout m'est revenu, d'un seul coup. Tout : mes vingt ans en Algérie, le sifflement du radiateur à gaz, les nuits dans ma chambre, à Djemâa-Saharidj, où je tremblais de bonheur et de peur. Et Jacques Vallot. Ma rencontre avec Jacques Vallot, à Tizi-Ouzou. Mes discussions avec lui. Et l'histoire de ma rencontre avec Anne.

Je me suis dit : comment as-tu pu oublier Jacques Vallot ? Mais il est là, il est là ! Jacques Vallot est au cœur de ta vie, au cœur de ton histoire. J'ai compris, comme frappé par la foudre, que Jacques Vallot frappait à ma porte. J'ai compris qu'il était au cœur de mes vingt ans, ces quelques années de ma vie où tout a basculé, où je suis devenu quelqu'un d'autre, mystérieusement, souterrainement. Ce moment où quelqu'un est mort en moi. Où quelqu'un d'autre est né.

Je ne peux pas dire qu'il a été l'un de mes plus proches amis. Ce n'est pas vrai. Nous n'avons pas eu le temps. Quelques mois, juste le temps de se connaître, de se reconnaître. Je ne suis même pas sûr de me souvenir avec précision de son visage, de sa voix. Quarante ans, c'est si loin…

Mais je sais aujourd'hui que sans lui ma vie n'aurait pas été la même. Il m'a écouté. Il m'a aidé. Il a été celui à qui je pouvais parler. Et j'étais dans un tel désarroi, dans une telle incertitude, l'année de mes vingt ans. Toutes ces envies, toute cette fringale de vivre, tous ces souvenirs qui m'habitaient, jour et nuit, la guerre entre mon père et ma mère, la mort de mon père, et tout ce bonheur, cet incroyable bonheur, à Trans, avec mes frères et sœurs, dans la petite maison qui tenait par les papiers peints. Oui, tout cela, et cette main sur mon épaule qui me retenait, qui pesait sur moi, sur mes vingt ans, la vocation, l'appel de Dieu, l'enfouissement…

Et puis Anne. Ma vie avec Anne. Je suis sûr que Jacques Vallot a sa part dans notre amour, à Anne et moi, notre amour de près de quarante ans. J'en suis sûr comme les pèlerins d'Emmaüs ont senti que leur cœur était brûlant, tandis que l'inconnu leur parlait, en marchant avec eux.

Jacques Vallot n'est pas venu, le soir où nous devions enfin nous rencontrer tous les trois, lui, Anne et moi. Où nos destins, enfin, devaient se réunir. Il s'est tué. Il est mort.

Mais je sais qu'il est là.

Il est celui qui connaissait Anne. Il est celui qui, obscurément, m'a aidé à la rencontrer.

Tout le reste est mystère. Le mystère de nos vies.

Maintenant, je me tais. Je ne peux rien dire de plus.

Sinon ceci, peut-être.

J'ai changé, j'ai vieilli. Jacques Vallot, lui, n'a pas eu le temps. Il est à jamais ce jeune homme sur la photo, à Ghardaïa, dans le désert. Il est à jamais ce jeune homme au petit sourire en coin.

Dis, Jacques, tu te souviens ?

Pour l'éditeur, le principe est d'utiliser des papiers composés de fibres naturelles, renouvelables, recyclables et fabriquées à partir de bois issus de forêts qui adoptent un système d'aménagement durable.

En outre, l'éditeur attend de ses fournisseurs de papier qu'ils s'inscrivent dans une démarche de certification environnementale reconnue.

Ce volume a été composé
par Nord Compo à Villeneuve-d'Ascq
et achevé d'imprimer en France
par CPI Bussière
à Saint-Amand-Montrond (Cher)
pour le compte des Éditions Stock
31, rue de Fleurus, 75006 Paris
en mars 2009

Imprimé en France

Dépôt légal : avril 2009
N° d'édition : 01 – N° d'impression :
54-02-6063/9